Analyse

Les lendemains

Mélissa da Costa

lePetitLittéraire.fr

Analyse de l'œuvre

Par Lucile Lhoste

Les lendemains

Mélissa da Costa

lePetitLittéraire.fr

Rendez-vous sur lepetitlitteraire.fr et découvrez :

Plus de 1200 analyses
Claires et synthétiques
Téléchargeables en 30 secondes
À imprimer chez soi

LES LENDEMAINS

REFLEURIR UN JARDIN
POUR RÉAPPRENDRE À VIVRE

- **Genre :** roman
- **Édition de référence :** *Les lendemains*, Paris, Le Livre de Poche, 2021, 384 p.
- **1re édition :** 2020
- **Thématiques :** deuil, résilience, famille d'adoption, rencontres, jardinage, souvenirs

Brisée par la mort accidentelle de son mari Benjamin et la perte le même soir du bébé qu'elle attendait, Amande a choisi de fuir le monde des vivants pour se réfugier dans une petite maison perdue dans la campagne auvergnate. Elle refuse de voir le monde extérieur, clôt tous les volets et ne fait ses courses qu'en cas d'extrême nécessité et aux heures les plus creuses. Pourtant, la vie s'acharne à se rappeler à elle. Elle découvre les calendriers de l'ancienne propriétaire, remplis de notes du quotidien, reçoit la visite de sa fille venue récupérer les affaires de sa mère, voit sonner régulièrement son téléphone au rythme des sollicitations de sa belle-famille, et est même dérangée par un chat en piteux état. Petit à petit, confrontée au monde extérieur, lancée dans la restauration du jardin de la maison, Amande se surprend à réapprécier la vie et à penser à l'avenir.

Les lendemains est le second roman de Mélissa Da Costa publié chez un éditeur, le quatrième en tout en incluant ses productions autoéditées. L'auteure y raconte à nouveau le parcours d'un personnage malmené par la vie, qui s'isole pour tracer son propre chemin loin du reste du monde. La critique y voit un joli roman empreint de résilience qui, s'il n'édulcore pas le drame initial, sait faire de la place à l'espoir et à la vie. C'est aussi une façon de revenir à soi, à des choses simples. Le roman est lauréat en 2021 du Prix Catherine-de-Médicis.

MÉLISSA DA COSTA

ROMANCIÈRE ET CHARGÉE DE COMMUNICATION FRANÇAISE

- **Née en 1990 en France**
- **Quelques-unes de ses œuvres :**
  - *Tout le bleu du ciel* (2019), roman
  - *Je revenais des autres* (2021), roman
  - *Les douleurs fantômes* (2022), roman

Mélissa Da Costa, née en 1990 en France, est passionnée d'écriture depuis l'enfance. Elle commence par crayonner divers brouillons puis, pendant ses études d'économie et de gestion, reprend et retravaille ses écrits. D'abord chargée de communication dans une mairie iséroise, dans le domaine de l'énergie et du climat, elle s'est également intéressée aux médecines douces et a suivi des formations en sophrologie, naturopathie et aromathérapie. L'écriture reste toutefois pour elle une nécessité, à laquelle elle est capable de consacrer une heure ou toute une journée selon son inspiration. Marquée par des œuvres aussi diverses que les *Harry Potter*, *L'alchimiste* ou *La liste de mes envies*, elle célèbre de son côté la vie dans tous ses aspects dans ses romans. Elle met en scène des personnages ayant vécu de grandes douleurs, mais qui trouvent la force de changer de ciel et de reconstruire.

Elle s'autoédite d'abord via Amazon. Sa chance tourne lorsqu'elle met l'un de ses manuscrits, le futur *Tout le bleu du ciel*, en ligne sur Internet. Elle est alors contactée pour une publication chez l'éditeur indépendant Carnets Nord et se fait connaitre du grand public. Le roman remporte même deux prix en 2020, le Prix des lecteurs du Livre de Poche en catégorie Littérature et le Prix des lecteurs U. Ses publications sont aujourd'hui reprises par des éditeurs très connus comme Albin Michel et Le Livre de Poche. Mélissa Da Costa se partage aujourd'hui entre son travail, son activité d'écriture, toujours plus importante depuis qu'elle est reconnue en tant qu'auteure, et sa famille.

┃RÉSUMÉ

LA VIE AVEC BENJAMIN

Quatre ans avant l'intrigue du roman, Amande, qui travaille pour le service évènementiel de la mairie du huitième arrondissement de Lyon, est chargée d'organiser une soupe populaire en collaboration avec la Maison des Jeunes et de la Culture. Elle y a comme interlocuteur l'éducateur spécialisé des lieux, Benjamin Luzin. Bien qu'ils soient diamétralement opposés, les deux jeunes gens commencent à se fréquenter et tissent rapidement une relation solide. Alors qu'elle est réservée et sort peu, Amande s'ouvre à Benjamin, aux jeunes de la MJC, et profite de la vie. Lors d'une fête d'Halloween, elle rencontre le petit frère de son compagnon, Yann, et sa petite amie Cassandra. Tous quatre s'entendent immédiatement très bien. Arrivent par la suite des fêtes de fin d'année où Amande se retrouve seule, sa mère vivant à La Réunion. Benjamin décide de profiter de l'occasion pour qu'elle passe le réveillon dans sa famille et rencontre ses parents Anne et Richard. Amande se sent tout de suite adoptée dans cette atmosphère chaleureuse. Un an avant le roman, Benjamin fait part à sa compagne de son désir d'enfant et ils commencent à tenter de procréer. Cinq mois plus tard, Amande est enceinte. Comme une évidence, ils décident de se marier pour que la jeune femme porte tant le nom de son futur mari que de son bébé. La grossesse d'Amande est facile et sans complications majeures, de sorte qu'elle travaille encore quand survient le drame qui bouleversera son existence.

Le 21 juin, jour de la fête de la musique, Benjamin et Amande prévoient de sortir s'amuser quand il est appelé à l'aide par des jeunes de la MJC. Comme il n'en a pas pour longtemps, Amande décide de l'attendre. Deux heures plus tard, deux policiers lui apprennent que son mari a été victime d'un accident de moto. Hébétée, Amande est emmenée à la morgue et veut absolument voir Benjamin. Mais le choc est tel qu'il déclenche des contractions alors qu'elle entame à peine son huitième mois de grossesse. Elle est rapidement prise en charge, mais on l'opère en urgence alors qu'elle est seule, les parents de Benjamin étant encore à la morgue. Seul le beau-père d'Amande viendra la soutenir, sa belle-mère ayant fait une crise de panique. Le bébé, une fille qu'Amande comptait prénommer Manon, ne survit pas à l'accouchement. Amande perd en l'espace d'une soirée tout son univers et ne peut le supporter : du jour au lendemain, elle prend un congé sans solde, abandonne son appartement à la surveillance de ses beaux-parents et va s'isoler en pleine campagne.

L'ISOLEMENT À LA CAMPAGNE

Le 9 juillet, dix-huit jours après le soir de la mort de Benjamin, Amande a trouvé un endroit où se réfugier : une petite maison perdue à Saint-Pierre-le-Chastel, une commune de la région Auvergne-Rhône-Alpes à proximité de Clermont-Ferrand. Face à un agent immobilier très étonné de voir trouver preneur pour la maison déserte depuis la mort de la propriétaire trois ans auparavant, Amande donne les papiers nécessaires et signe le contrat de location en le regardant à peine. Elle chasse ensuite presque l'agent, rapatrie à l'intérieur ses maigres possessions – elle a laissé la plupart de ses affaires dans l'appartement – et un énorme sac de conserves, puis ferme porte et volets. Amande ne peut plus voir le soleil, les arbres, la vie dehors en somme. Elle enchaine ainsi les premiers jours sans voir la lumière et entre deux insomnies. Lorsqu'un technicien de raccordement à Internet, envoyé par l'agent immobilier, tente de la démarcher, elle l'envoie sur les roses sans autre forme de procès.

Le monde extérieur s'acharne pourtant à se rappeler à elle. Un jour, alors qu'elle n'ouvrait que brièvement les volets, Amande a la surprise de voir arriver un papillon. Ce n'est qu'un simple insecte, mais Amande panique : la vie est entrée dans sa maison. Ne pouvant le rattraper, elle finit par le laisser filer. Plus tard, c'est l'odeur des pissenlits qui vient l'envahir. Cette fois-ci, elle se laisse bercer, sans panique excessive. Même Lyon vient jusqu'à elle, quand les jeunes de la MJC lui envoient une lettre de condoléances et de soutien, qu'elle accroche sur le mur. Elle reçoit aussi souvent des coups de téléphone et des messages de la famille Luzin, mais ne répond que de loin en loin pour les rassurer. C'est finalement une présence humaine imprévue qui la force à redécouvrir le soleil : Julie Hugues, la fille de la propriétaire, vient récupérer les affaires de sa mère laissées au grenier. Alors qu'elle est sur le point de repartir, Amande remarque les calendriers de Mme Hugues et, tout à coup hypnotisée, demande à les garder.

Amande dévore alors tous les calendriers, tous les carnets. Elle y lit une foule de notes du quotidien, des recettes et des conseils pour entretenir le jardin. Elle s'aventure progressivement dehors et découvre les pommiers chargés de fruits, le jardin à l'abandon, et décide de cultiver fleurs et légumes. Quand Richard, après plusieurs mois, subit le contrecoup de la mort de son fils, Amande l'accueille et le fait entrer dans son univers. Ensemble, ils rafraichissent la maison, installent une balançoire, organisent un repas nocturne pour célébrer la pleine lune avec un jeune de la MJC et sa petite amie. Elle lui montre même le pin où elle a choisi de déposer ses souvenirs de Benjamin et de Manon, comme un lieu sacré où elle vient leur parler. Julie, devenue son amie à force de venir voir ses progrès dans le jardin, lui suggère un jour de créer des accessoires avec les fleurs. De fil en aiguille, elles en viennent à présenter leurs modèles dans un salon et créent leur entreprise, qu'Amande baptise « Les Fleurs de Manon ». La décision d'Amande est prise : elle reste à la maison de Mme Hugues, quitte son travail à Lyon et est prête à chérir le souvenir de Benjamin et Manon sans sombrer.

MAINTIEN DES LIENS AVEC LES LUZIN

Après avoir d'abord accueilli trois jeunes de la MJC, qui lui apportaient le cadeau qu'ils avaient prévu pour Manon – une poupée –, Amande se résout durant l'été à recevoir ses beaux-parents. Anne et Richard lui apprennent alors une nouvelle bouleversante : Yann et Cassandra attendent un enfant pour le mois de janvier. La jeune veuve a beaucoup de mal à accepter ça et va dans un premier temps éviter de contacter les futurs parents. Elle téléphonera cependant plus tard à Cassandra, et admettra que ça lui fait du bien de maintenir un lien avec celle qui est devenue un peu comme une sœur. À Noël, sans trop y réfléchir, elle invite les Luzin à réveillonner dans sa maison, comme ils l'avaient fait avec elle. La soirée commence difficilement, mais peu à peu, ils parviennent à discuter sereinement et même à rire en remontant le fil de leurs souvenirs. Lorsqu'ils quittent la maison, Amande prend une décision subite, mais qui lui semble évidente : elle déclare qu'elle leur donne toutes les affaires qui étaient prévues pour sa fille Manon.

Le mois suivant, Cassandra accouche d'une petite Mae. Amande est ensuite invitée à diner chez les Luzin et en profite pour se rendre sur la tombe de Benjamin pour la première fois. Cassandra la pousse à prendre Mae dans ses bras et lui rappelle à quel point elle tient à ce qu'elles restent proches. Début mai, Yann et Cassandra confieront d'ailleurs Mae à sa tante le temps d'un weekend. Amande se surprendra à aimer s'occuper de l'enfant, et *in fine* à ne pas en vouloir aux parents de connaitre le bonheur dont elle a été si brutalement privée. Cassandra lui déclare alors qu'elle est désormais la babysitter officielle de sa fille. Amande comprend alors qu'elle a toujours une place privilégiée chez les Luzin, y compris avec Mae qu'elle a « adoptée » malgré sa propre douleur. Avec Richard, elle soutient désormais les jeunes de la MJC en assistant à l'animation qu'ils donnent pour la fête de la musique, qui se trouve par ailleurs être le premier anniversaire de la mort de Benjamin. La douleur est maintenant moins présente, et Amande peut garder un lien serein et solide avec les Luzin et tous ceux qui ont connu son mari.

ÉTUDE DES PERSONNAGES

AMANDE LUZIN

Amande Luzin, née Lacourt, est une jeune femme aux cheveux blonds qui travaille dans une mairie lyonnaise. Elle est timide, réservée et s'ouvre difficilement aux autres. Amande a toujours vécu en ville et s'imagine difficilement aller en campagne. Elle n'a jamais connu son père et sa mère Christine, qui travaillait comme responsable en bijouterie, a privilégié sa vie professionnelle à sa vie familiale. Mère et fille ont toujours eu des relations tendues, d'autant plus qu'une fois Amande en âge de prendre son indépendance, Christine a tout laissé derrière elle pour réaliser son rêve de vivre à La Réunion. Elle ne téléphone plus que de loin en loin, ne vient que quand les billets d'avion sont les moins chers, et s'est mise en couple avec un certain Daniel, ce qui semble l'avoir assagie. L'anniversaire d'Amande est le 13 juillet, elle a donc 29 puis 30 ans dans le roman. C'est lorsqu'elle rencontre son futur mari Benjamin qu'Amande prend conscience de multiples traits de sa propre personnalité. Il va en effet la pousser vers le haut, l'entrainer à se mêler aux autres et à lui faire prendre conscience qu'elle a droit à une vie plus épanouissante que ce qu'elle imaginait. Elle trouve également une seconde famille avec les Luzin dont elle est très proche.

Après le drame, elle refuse cependant de faire face tant à sa vie quotidienne qu'à ses relations et survit plus qu'autre chose, recluse, intolérante à tout ce qui peut lui rappeler l'existence. Accoucher presque seule et d'un enfant mort-né est un traumatisme dont elle va mettre beaucoup de temps à se remettre. Amande l'ignore alors encore, mais elle va manifester un courage et une combattivité peu communs pour se remettre sur pied. Elle est aussi curieuse, comme le manifeste son intérêt pour les carnets et calendriers de Mme Hugues. Comme le pressentait son mari, elle s'adapte en fait très facilement à la campagne et révèle une grande facilité à entretenir la terre et ses récoltes. Elle est de plus douée pour associer les couleurs et les styles, selon sa nouvelle amie Julie, et finira par se reconvertir dans les créations florales. Petit à petit, grâce à Julie, aux Luzin et aux jeunes de la MJC, Amande apprend à réapprécier la vie et commence à faire son deuil.

LA FAMILLE LUZIN

Benjamin est le défunt mari d'Amande. Âgé de 32 ans à sa mort, il était né le 11 avril. Brun aux yeux noisette comme son père, il a gardé quelques dreadlocks en souvenir de sa jeunesse. Il a grandi dans une maison perdue en forêt, dans le Jura, avec sa famille jusqu'à ses 18 ans, où ils ont déménagé à Lyon. Benjamin a toujours eu le contact facile, était à l'aise en public, avenant et ouvert. Il s'entendait très bien avec les jeunes dont il s'occupait à la MJC, où il travaillait comme éducateur spécialisé. Ses relations avec son frère cadet Yann sont extrêmement cordiales : ils peuvent se chambrer pendant des heures, mais ils s'adorent. Il préfère le café au thé, les chansons de Jimmy Cliff (chanteur jamaïcain, né en 1944) et les œillets de poète pourpres et blancs. Sa disparition laisse un vide immense, tant pour sa famille que pour les jeunes de la MJC qui avaient une très grande affection pour lui.

Ses parents Anne et Richard sont respectivement professeure des écoles et menuisier. Ils sont tous deux très aimants tant envers leurs fils qu'envers leurs compagnes qu'ils traitent comme leurs propres enfants. Anne en particulier prend régulièrement des nouvelles d'Amande pendant le récit, et Richard se soucie de sa santé au point de suggérer qu'elle prenne les somnifères de son épouse pour gérer son sommeil. Anne semble être bonne cuisinière et une enseignante soucieuse de faire au mieux pour ses élèves. Richard, quant à lui, est incapable de refuser d'accorder son aide à quelqu'un, ce qu'Amande mettra à profit pour l'aider à surmonter son propre deuil. Ils vont tous les deux subir un contrecoup important suite au décès de Benjamin. Anne doit séjourner un moment en maison de repos, incapable de tenir le coup après ce tragique évènement. Richard doit alors tenir tout le monde à bout de bras et craque à son tour plus tard, mais trouve son salut en allant faire divers petits travaux chez Amande.

Yann, âgé d'environ 30 ans, est le petit frère de Benjamin. D'un tempérament opposé au sien, il a choisi une voie scientifique et travaille comme ingénieur pour un groupe pharmaceutique. Il a rencontré sa petite amie Cassandra, médecin, sur le campus universitaire où leurs facultés étaient voisines. Il a moins de points communs avec son frère qu'avec Amande, ce qui fera dire à cette dernière qu'ils ont tous les deux choisi quelqu'un qui leur était complémentaire. Ce qui le soulage de son deuil est la perspective de devenir père, qui change en profondeur ce qu'il est. Auparavant dédié à son travail, Yann réalise l'importance de la vie de famille et quitte son travail à 17h dès la naissance de Mae pour s'occuper de sa fille, bien qu'il soit conscient qu'il risque une rétrogradation pour ne plus consacrer sa vie entière à son travail.

JULIE HUGUES

Julie est une femme brune d'une quarantaine d'années. Elle est la fille de l'ancienne propriétaire de la maison, Lucie, et de son défunt mari Paul. La famille a vécu dans la maison pendant six ans, puis en ville. Ce n'est qu'à la retraite de Paul que le couple a racheté la maison, que Julie affectionne énormément. Elle aimait beaucoup ses parents, bien qu'elle reconnaisse que le deuil a été plus long pour sa mère que pour son père. Séparée de son compagnon Tristan, elle quitte Lille pour emménager à Clermont-Ferrand, soit près de la maison. Elle était commerciale itinérante en tourisme, ce qui lui a permis de rendre visite à Amande de temps en temps, puis trouve un autre travail de vente de voyages organisés en Asie.

Son tempérament semble fort opposé à celui d'Amande : elle est solaire, spontanée et n'hésite pas à foncer sans trop réfléchir. Elles se lient pourtant quand la locataire fait revenir le jardin à la vie. À partir de là, Julie vient régulièrement, s'extasie des progrès de son amie et partage volontiers des moments avec elle. Elle dira à plusieurs reprises avoir de très bons souvenirs dans la propriété, et il est clair que la vie ici et la présence de sa mère lui manquent. Elle ne jugera jamais Amande et ses choix de vie, et se montre très psychologue quand elle lui fait part du drame qu'elle a vécu. Alors qu'Amande manque de confiance en elle, Julie reconnait quant à elle ses qualités et lui donne l'idée de mettre en œuvre ses dons de composition florale dans une entreprise de vente d'accessoires. Les deux femmes vont ainsi s'allier professionnellement, puisque Julie assure les contacts clients dans leur nouveau projet.

CLÉS DE LECTURE

LE DEUIL FAMILIAL

Un deuil linéaire ?

La thématique centrale du roman est le deuil effectué par Amande, mais aussi par tous ceux qui ont connu Benjamin. Les ressassements de la veuve permettent de savoir tous les facteurs entrés en jeu ce soir-là et à quel point la mort de Benjamin peut paraitre injuste. En effet, après être sorti de l'appartement, il a pris sa moto plutôt qu'une voiture pour circuler plus facilement à cause des animations de la fête de la musique. Alors qu'il prenait comme souvent une pointe de vitesse – mais à une allure restant raisonnable – après avoir passé un feu vert, des adolescents sur le trottoir ont allumé des pétards, dont l'un est malheureusement arrivé au niveau de la roue avant de la moto. Cette dernière a vu son pneu exploser et en essayant de se rééquilibrer, Benjamin a vu sa moto partir sur la gauche. Il est alors passé sous un camion qui n'a pu l'éviter et est mort rapidement avec de nombreuses fractures et de multiples hématomes. Il arrive à Amande de se repasser le fil des évènements en pensée, de se demander ce qu'il se serait passé si un seul de ces facteurs n'était pas entré en jeu. Elle doit cependant se rendre à l'évidence : il ne lui sert à rien d'en vouloir à l'un ou à l'autre. Elle ne peut blâmer les organisateurs de la fête de la musique, les adolescents pour leur bêtise – car ils ne pensaient certainement pas à mal, elle doit se l'avouer –, le chauffeur du camion d'avoir été au mauvais endroit au mauvais moment, ou même Benjamin d'être parti à la MJC à la demande des jeunes.

De fait, Amande et les proches de Benjamin ne traversent pas tous les cinq étapes habituellement citées pour passer le deuil : le déni, la colère, le marchandage, la dépression et l'acceptation. Elles remontent à l'ouvrage *Les derniers instants de la vie* d'Elisabeth Kübler-Ross (psychiatre helvético-américaine, 1926-2004), qui étudia des patients en fin de vie et interrogea leurs proches, sans relier les étapes du deuil à ces derniers. Au cours du xxe siècle et jusqu'à nos jours, plusieurs études ont tenté de vérifier l'application de ce modèle extrêmement populaire et sont arrivées à la conclusion suivante : le modèle de Kübler-Ross était lacunaire. Non seulement elle n'a pas systématiquement distingué d'étapes de deuil distinctes, mais elle n'a suggéré une trajectoire de deuil approchant du modèle que chez une minorité de patients. La psychiatre et son coauteur eux-mêmes ont reconnu dans l'ouvrage *Sur le chagrin et sur le deuil*, publié à titre posthume en 2005, que les étapes n'étaient pas vécues par tous et pas nécessairement dans l'ordre établi au départ.

Le cas des proches de Benjamin

Pour en revenir à Amande, il est certain qu'elle est d'abord dans un déni total, puisqu'elle répète aux policiers que son mari devrait bientôt rentrer alors qu'elle vient d'apprendre son décès. Le déclenchement prématuré de l'accouchement change néanmoins la donne, puisqu'il ajoute à la perte de Benjamin celle, douloureuse et tragique, de Manon. Amande subit un choc trop grand pour en vouloir à quiconque : elle se rend bien compte que les morts de son mari et de sa fille ne peuvent être réellement imputées à personne. Bien qu'elle s'en veuille quelque peu de ne pas avoir réussi à mettre au monde un bébé en parfaite santé, elle sait aussi que les circonstances rendaient impossible la vie de Manon. Par conséquent, elle ne passe jamais vraiment par la phase de colère. En revanche, dès le départ, Amande entre dans la phase de marchandage en coupant les ponts avec sa vie, jusqu'à ne rien emmener avec elle qui lui rappelle Benjamin ou Manon. Elle n'est pas encore prête à faire face à la situation et préfère s'isoler totalement. Ce n'est que contrainte et forcée qu'elle en sortira : par le papillon qui entre chez elle, Julie qui s'impose, Richard et Anne qui lui rendent visite, le chat errant qui finit par entrer comme s'il était chez lui et qu'elle adopte, etc. À partir de là, Amande doit se résigner à laisser le monde revenir à elle : elle prend soin du chat, fait renaitre le jardin, renoue des liens avec sa belle-famille et célèbre les petites choses de la nature. Ce sera le début de sa reconstruction.

Amande n'est bien sûr pas la seule à souffrir du drame : la famille de Benjamin ainsi que les jeunes de la MJC en souffrent beaucoup. Si on voit peu Yann, qui est fort accaparé par son enfant à naitre, il semble cependant avoir perdu une part de lui-même avec ce frère qu'il adorait. Anne, quant à elle, traverse une sévère phase de dépression : elle fait une crise de panique en découvrant le corps de son fils – Amande n'était pas obligée de le voir, c'étaient ses parents que les policiers avaient appelés pour l'identification – et perd sa vitalité au point de devoir aller en maison de repos pour reprendre des forces. Richard, lui, s'enferme consciemment et volontairement dans une forme de déni, puisqu'en raison de la fragilité d'Anne, il prend la responsabilité de porter la famille à bout de bras. Ce n'est que bien plus tard, à l'hiver, que sa femme et sa belle-fille décèlent sa fatigue, sans qu'il daigne encore se confier. Vers le printemps, Amande a une idée : elle prétend s'être foulé le poignet et, avec la complicité d'Anne, fait venir Richard pour l'aider. Elle le connait bien : elle sait qu'il ne peut s'empêcher de proposer son aide et qu'il sera ravi de l'épauler. Passer du temps hors du monde et se rendre utile va effectivement l'aider à se sentir mieux et, à la fin de son congé, Richard rentre chez lui apaisé. Les parents de Benjamin trouveront même un certain réconfort dans la religion, en retournant régulièrement à la messe. Restent les jeunes de la MJC, qui adoraient Benjamin. Plusieurs d'entre eux tiennent à prendre contact avec Amande pour lui faire part de leur émotion et lui donner un cadeau. L'un d'eux en particulier, Mika, rendra plusieurs fois visite à Amande. Ils feront leur deuil en célébrant leur référent, à travers un hommage vidéo et en renommant une salle de musique à son nom.

L'IMPORTANCE DU SOUVENIR

Amande a beau vouloir s'en protéger, ce qui la sauve finalement, c'est de pouvoir gérer le souvenir de Benjamin et ne plus imaginer ce qu'aurait été sa fille au lieu de profiter du présent. Elle découvrira d'ailleurs qu'elle n'est pas la seule à penser à Manon : à l'occasion d'une de ses visites,

Richard lui montre un cadre en bois qu'il a fabriqué à l'effigie du visage de Manon, yeux fermés puisqu'elle ne les a jamais ouverts. Yann et Cassandra se montrent également très sensibles à son chagrin, d'autant plus que leurs filles n'auraient eu que quelques mois d'écart. La jeune maman déclarera à plusieurs reprises que le « plan » était qu'elles grandissent ensemble.

Une fois passées les premières étapes de sa vie à Saint-Pierre-le-Chastel, Amande se laisse peu à peu aller à penser à Benjamin et à leur vie ensemble. Ses souvenirs, souvent constitués d'un seul paragraphe, parfois un peu plus, sont alors distillés sans prévenir au fil des chapitres. Il s'agit généralement d'un instantané, du plus petit élément – comme la rencontre d'Amande et Elia, la standardiste de la MJC – au plus grand – le déroulement de la soirée du 21 juin. Ils éclairent considérablement la psychologie d'Amande, mais aussi celle de Benjamin qui, petit à petit, devient un personnage à part entière et non un simple souvenir. Le lecteur a alors une vision très précise de qui était Benjamin et à quel point il était important pour son entourage. Il lui devient bien plus facile de compatir au chagrin d'Amande et de la famille Luzin et d'entrer dans l'esprit des personnages. De façon plus mineure, un autre personnage est ravivé par ses souvenirs : Lucie Hugues, la mère de Julie. Le lecteur découvre en même temps qu'Amande, via la mémoire de Julie, les photos et les carnets, la vie de cette femme et à quel point elle ressemble à l'héroïne – elles se sont toutes deux mariées à 29 ans, sont créatives respectivement dans la couture et les fleurs, ont eu une fille et ont vu leur mari partir avant elles.

Ce n'est pas la première fois que le souvenir occupe une grande place dans l'œuvre de Mélissa Da Costa. Si ses héros sont souvent malmenés et doivent se remettre d'un passé difficile, celui de son premier roman édité, *Tout le bleu du ciel*, est un cas particulier puisqu'il souffre d'un Alzheimer précoce à 26 ans, cas rare puisque 3 % seulement des malades d'Alzheimer ont moins de 60 ans, et rarement à un stade aussi primaire de leur vie. Les souvenirs sont dans ce cas-ci une denrée rare et précieuse. Le cas d'Amande est autre : les souvenirs sont d'abord des ennemis, qu'elle ne peut convoquer sans tomber dans un chagrin immense, mais elle doit bien apprendre à les apprivoiser. Comme elle n'a au début pas la force d'aller à Lyon et encore moins sur la tombe de Benjamin, elle décide d'établir son propre autel dans un pin – son « élu », comme elle l'exprime – dans le creux duquel elle dépose son alliance et divers petits objets au fil du temps. Chaque jour, elle va s'y rendre et « parler » à son mari. Elle va aussi accrocher des bandes de tissu dans « l'arbre de Paul » au milieu du jardin, et allumer des bougies pour rendre hommage à chaque personne qui l'a marquée au cours de l'année écoulée. Peu à peu, ses souvenirs deviennent plus tendres, déclenchent un sourire ou une pensée tendre au lieu de la plonger dans le désespoir. Amande apprend par conséquent non seulement à faire son deuil, mais aussi à composer avec ses souvenirs, à pouvoir évoquer Benjamin et Manon avec d'autres personnes et à partager leur souvenir parce qu'il n'appartient pas qu'à elle, mais aussi à tous ceux qui ont connu le premier et attendu la seconde avec elle. En sortant de sa tanière après un premier temps d'isolement, elle se laisse la possibilité d'apprivoiser son passé pour mieux appréhender le futur.

UNE NARRATION AU FIL DES SAISONS

Le récit se déroule du 21 juin à la même date l'année suivante, soit sur les quatre saisons en commençant par l'été. À partir du moment où Amande découvre les calendriers, les carnets, et le jardin, sa vie s'articule autour de la culture de sa terre. Cette dernière est d'abord à l'abandon et en jachère, seuls les pommiers portant des fruits, tout comme Amande se sent vide intérieurement. L'été est, paradoxalement étant donné la forêt et le ciel qui s'animent dehors, la période la plus sombre de sa vie. Elle ne sort qu'en cas d'extrême nécessité – pour ses courses, essentiellement. Seule l'arrivée surprise de Julie, en plein mois d'aout, la sort de sa torpeur et l'oblige à affronter le soleil pour aider la jeune femme à porter les cartons de sa mère jusqu'à sa voiture. Mais Amande refuse encore la moindre aide et la moindre vision de quelqu'un qui puisse lui rappeler Benjamin ou Manon.

Au premier jour de septembre, à l'approche de l'automne, les choses évoluent. Il y a d'abord ce papillon qui s'invite dans la maison, puis une décision d'Amande d'envoyer des fleurs en soutien à Anne, assorties des mots « L'automne arrive ». Elle décidera d'ouvrir ses volets le jour précis de la nouvelle saison, comme une invitation à des lendemains meilleurs. C'est là qu'elle découvre le jardin et les pommiers et que d'un coup, elle décide d'inviter les jeunes de la MJC à manger chez elle.

Cet automne est une sorte de printemps pour Amande, qui éclot et accueille à nouveau le monde. En plus des jeunes de la MJC, elle finit par accueillir le chat sauvage et lance l'invitation du réveillon de Noël aux Luzin. De plus, c'est la période où elle commence à planter ses premiers bulbes, destinés pour l'essentiel aux légumes d'hiver.

Cette saison, l'hiver, est pour la triste Amande celle de la renaissance. Elle est toujours fragile, mais elle parvient à gérer un réveillon de fête avec la famille Luzin et commence à mettre le drame à distance en faisant don à Yann et Cassandra des affaires de Manon. Mika revient également pour tondre sa pelouse. Amande se perfectionne de plus en plus en jardinage et se projette vers la suite de l'année et ses futurs plants. Comme une coïncidence, le jour de la naissance de Mae, elle récolte ses premiers légumes. La corrélation entre les deux évènements n'est pas tout à fait innocente : ce 29 janvier est un jour de naissance, bien sûr celle de Mae, mais aussi celle de la nouvelle vie d'Amande. En février, l'héroïne donne d'ailleurs l'un de ses premiers choux aux Luzin en allant leur rendre visite. L'hiver est aussi un symbole de la fin des dissensions et du deuil des Luzin, les principaux obstacles qui empêchent encore Amande de se centrer sur sa propre reconstruction. Elle accueille sa mère, avec qui les relations s'apaisent sans redevenir tout à fait cordiales, et aide Richard à surmonter sa peine.

Quand arrive le printemps, Amande a pu mettre derrière elle les principales peines nées de son drame personnel. Cette fois-ci, ce sont ses premières fleurs – des crocus – qui s'épanouissent. Alors qu'en automne, elle tentait de concilier sa nouvelle vie et son passé, c'est désormais une autre Amande qui éclot : une femme qui fait petit à petit la paix avec son vécu et apprend doucement à vivre avec. Ses premières fleurs entrainent un nouveau travail, les rougegorges qu'elle avait trouvés dans le pin de Benjamin font des petits... Reste un dernier obstacle : est-elle émotionnellement capable d'accueillir Mae ? Yann et Cassandra la lui confient pour profiter d'un weekend à deux, mais il y a sans doute aussi une part d'aide, pour lui faire comprendre que même si elle n'est pas Manon, Mae est également très importante pour elle, et surtout qu'Amande fait toujours partie de leur famille, qu'elle n'est pas seule. Alors qu'elle avait auparavant « laissé entrer », « célébré » puis « partagé », à l'approche d'un nouvel été, Amande peut « laisser partir ». Sans, désormais, repousser son ancienne vie, elle se détache de ce qui ne lui est plus indispensable – son travail à la mairie et son appartement – pour se concentrer sur sa nouvelle existence en harmonie avec la nature.

PISTES DE RÉFLEXION

QUELQUES QUESTIONS POUR APPROFONDIR SA RÉFLEXION...

- En quoi peut-on affirmer que Benjamin Luzin, bien qu'il ne soit pas physiquement présent dans le récit d'Amande en Auvergne, est un personnage du roman à part entière ?

- Amande passe par plusieurs phases, qu'elle nomme « laisser entrer », « célébrer », « partager » et « laisser partir ». Détaillez les grandes étapes du cheminement de chacune de ces phases.

- Comment l'annonce de la venue, puis la naissance de Mae aident-elles Amande à faire le deuil de sa propre fille Manon ?

- Les membres de la famille Luzin vivent-ils tous le deuil de la même façon ? Pourquoi ?

- Le souvenir est une valeur prisée prioritairement par les jeunes de la MJC, qui tiennent néanmoins à célébrer leur ancien éducateur. Comment s'y prennent-ils ?

- Julie affirme à Amande qu'elle a fait le deuil de sa mère et lui montre notamment des photos de sa vie. En quoi son attitude préfigure-t-elle celle qu'aura Amande ensuite vis-à-vis de Benjamin ?

- Commentez l'affirmation suivante : la culture des fleurs, des légumes et des fruits du jardin marque parallèlement des étapes importantes de la reconstruction d'Amande.

- De quelle façon le printemps d'Amande, qui est alors sur la voie de la renaissance, devient-il aussi celui de son beau-père Richard ?

- Faites la comparaison entre Amande et les autres héros de Mélissa Da Costa, Emile (*Tout le bleu du ciel*) et Ambre (*Je revenais des autres*), deux autres jeunes gens malmenés par la vie.

POUR ALLER PLUS LOIN

ÉDITION DE RÉFÉRENCE

- DA COSTA M., *Les lendemains*, Paris, Le Livre de Poche, 2021.

SOURCE COMPLÉMENTAIRE

- KÜBLER-ROSS E., *Les derniers instants de la vie*, Genève, Labor et Fides, 2011.

Votre avis nous intéresse !
Laissez un commentaire sur le site de votre librairie en ligne
et partagez vos coups de cœur sur les réseaux sociaux !

lePetitLittéraire.fr

- un résumé complet de l'intrigue ;
- une étude des personnages principaux ;
- une analyse des thématiques principales ;
- une dizaine de pistes de réflexion.

**Retrouvez
notre offre complète sur
lePetitLittéraire.fr**

L'éditeur veille à la fiabilité des informations publiées,
lesquelles ne pourraient toutefois engager sa responsabilité.

www.lepetitlitteraire.fr

ISBN version numérique : 9782808026079
ISBN version papier : 9782808026086
Dépôt légal : D/2021/12603/144

Conception numérique : Primento,
le partenaire numérique des éditeurs.